句集

つちふる

岸本葉子

角川書店

句集　つちふる＊目次

装丁　片岡忠彦

句集

つちふる

Ⅰ　対岸

梅林を日あたる方へ歩きけり

しだれ梅一枝は土に撓みたる

鳥の妻恋前方に後円に
少しづつ人ゐなくなる春の雨

春暁や蛇口の奥に満つる水

朝寝してつくづく部屋の四角なる

きさらぎの鎖骨に触るる聴診器

白衣もて眼鏡拭へる遅日かな

朧夜の電話ボックスより男

春星や鈴を鳴らして回す鍵

花冷や人行くところ灯の点り

芭蕉庵の畳に春を惜しみけり

重なれる光の厚み若楓

神殿の千木に垂木に夏の雨

一巻に生涯全句青嵐

田植機のまだ熱からむ一つ星

郭公の平らにしたる湖か

あぢさゐに鉄錆色の兆しけり

竹植うる日や鳥声のしきりなる

箱庭の橋に夕風通しやる

二階へと客を通せる祭體

塗盆に水のひと刷き夏料理

宿の下駄かりて見に出る夏の月

ひらきつつ風に流るる揚花火

盆灯籠ひとつは燃えて風の中
つま先にちから流灯押し遣りぬ

秋光や櫂の先なるひと雫

冷ゆるまで舟の漂ひ箕の海

拝殿を色なき風のひとしきり

風ぬるき二百十日の地下通路

こほろぎや四肢をたたみて人眠る

皮のやや縮みゆふべの焼き秋刀魚

うそ寒の鍋に吸ひつく磁石かな

やはらかき指もて摘まん一位の実

対岸のことに明るき紅葉かな

掛け軸に碁を打つふたり神の留守

噎して酒のあらかたこぼれたる

硝子戸に人の映らぬ寒さかな

漁りの湾は鈍色鷹放つ

寒潮や風と揉み合ふ一羽あり

着ぶくれて彗星の尾の短さよ

大寒の床に転げる金盥

富士山の裏を見てをり避寒宿

待春や曳舟の綱太くして

Ⅱ　水の重さ

梅林のいちばん隅に来てをりぬ

落椿その堆きひととところ

伊豆石の青々とあり春時雨

築山の頂狭し春の雲

凹まするために紙風船をつく

水ばかり飲み春分の日の暮るる

馬の尾の地につきさうな花の昼

ジョッキーの尻の小ささや風光る

清明や水に剝きたるゆで卵

糠床の水気八十八夜なる

裏側に日の当たりをり竹の皮

浮世絵の女受け口瓜の花

城門の乳鋲へ茅花ながしかな

釣忍水の重さの加はりぬ

厠への廊下の長し梅雨の家

漱石に子規のすすめし円座かな

かなぶんのぶつかつてゐる盧遮那仏

遠雷や窓のひとつは嵌め殺し

幽霊の置きわすれたる手拭ひか

空池を黄雀風の吹く日なる

形代に表と裏の無かりけり

手花火の終ひの一本すぐに消ゆ

浜までの一本道を踊かな

白々と盆の夜半を波頭

秋光や池に波なき極楽図

菊の香や模造の真珠黒ずめる

突き立てて錫杖太し黍嵐

豊年や車軸の泥に汚れたる

貯水池に浮かぶ一艘無月なる
竜淵に潜む鼎は青錆びて

露けしや東司の錠を下ろしたる

奥座敷菊の被綿なるを手に

椅子の背と背骨の間秋の暮

桐ひと葉二度うらがへり落ちにけり

風強き一の酉とぞなりにける
てつぺんの熊手ゆらりと下ろさるる

荷車に真鱈の腹のゆれてをり

雪を嚙む埃と水の味がする

再びは戻らぬ芥冬の海

紙皿のへりにおでんの練り芥子

北風や人工衛星瞬かず

土を蹴り木の根を踏みて神遊

ひとつづつ沼の面に触るる雪

寒鯉の尾のひと揺れの黒さかな

Ⅲ　もの炊く匂ひ

紅梅の濁れるまでに深き紅

日本橋三越に選る春ショール

角乗りにして虚子門下風光る

観潮や橋脚仰ぎみることも

川べりの草春風を順送り

はくれんの白のかがやく全方位

囀りのことに昂る一樹あり

街路図を買ふ篠懸の花の下

都立小金井公園

われ去にしのちの小金井桜かな

紙箱の底の湿れる桜餅

荷風忌の午後川波の立ちそむる

水替へて生簀にうつる春の月

浅草の海老天丼に春惜しむ

行人の歩幅それぞれ麦の秋

鎌倉虚子立子記念館

抜きんでて立子の庭の緑なる

床の間は水のしづけさ夏座敷

トラックで近づく祭囃子かな

来賓の祝辞それから田植歌

人過ぎてしばらくまはる吊忍

登りきて青水無月の大社

すれちがふ揚羽一頭切通し

伝鎌倉街道烏瓜の花

叢林にもの炊く匂ひ夏のくれ

秋扇をたたみて軽したたまぬも

襟足に触るる鋏や秋湿

真白なる盆提灯の置きどころ

大文字果ててこの世の人いきれ

馬鈴薯をふかす間のもの思ひ

門前に男たたずむ素風かな

石段の先は水際秋の昼

咲くものは膝の高さに秋の園

大花野二本の腕を下げてゆく

鎌倉虚子立子記念館　二句

頂の秋日ひときは虚子の山

長き夜や赤鉛筆を左手に

すぐ火より下ろす夜食の片手鍋

焼芋の断面みせて売られをり

板塀に十一月の日の当たる

枝打の枝のまつすぐ落ちにけり

冬耕の人少しづつ動きゐる

旧道へ折れだしぬけに朴落葉

山眠る古事記に神の多きこと

水音か枯葉のこはれゆく音か

六曲の屏風の隅にをのこかな

今生は人に生まれて寒施行

Ⅳ　だらだら坂

人日のひなたに枕はたきをり

缶コーヒーごとりと落つる余寒かな

バレンタインデー改札の電子音

揚雲雀答案用紙捨ててある

平らなる水を浮かべて春の川

裏声の第二小節卒業歌

棒きれの草地に残る春夕べ

永き日の水に膨れて段ボール

春星をティースプーンに掬はんと

朧夜や予約録画の灯の点る

修司忌や十字に架くる本の紐

レガッタの約束校旗振ることも

草笛の息に湿れるばかりなり
サイダーの泡のなくなるまでのこと

定食の来るまでつかふ団扇かな

消しゴムに紙の破れて桜桃忌

四畳半・裸・経済学序説

パトカーの赤色灯に濡れて蟇

七月の汚るる前のスニーカー

どぶ川に微熱ありけり蚊食鳥

海月もの云へ水底よりの使者ならば

人間魚雷冷房の展示室

干草と星の間に眠りけり

戦艦の全長見たり八月来

サルビアのどこまで同じ高さなる
知らぬ子に手を握られて風の盆

根の国の門は松虫啼くあたり

能面に両耳のなき白露かな

満月や琵琶抱く人の伏目なる

十六夜や舟の灯りを魚の追ひ

桟橋に縄捨ててある帰燕かな

長き夜の窓の小さき駅舎かな

蓑虫の啼くはだらだら坂の果て

烏瓜この隧道に出口なし

掃き寄せてかばかりの塵神の留守

咳きて人形焼の店の奥

いつも皮をちぎりて蜜柑剝く男

右ばかり倒るる癖のブーツかな

折紙の中の金銀十二月

プラスチック製の聖樹に吊す星

長靴の溝の形に落つる雪

ショールは緋音して過ぐる連結器

露西亜人居留区葱を鬻《ひさ》ぎをり

冬麗の音楽室のピアノかな

V　方位磁石

薄氷の中ほどにある白さかな

息を足し紙風船を軽くする

春の夜や水管のばす二枚貝

渦潮のへりの平らにして硬し

陸と陸の分かれしところ春夕焼

畦塗のゆつくり延ばしゆく光

盃の漆の厚み春の宵

花の夜の帝国ホテルにて別る

行く春の膳にたたまれ箸袋

亀の尾の水に没して藤の昼

陽炎を踏みてペルシャの鼓笛隊

惜春や橋にふたつの曲がり角

香水を選る吹抜けの十二階

老ゆるだけ老いて阿蘭陀獅子頭

まだどこも濡れてをらざる花氷

百貨店前にて鉾を回しけり

炎昼の潮入川の油かな

海霧の満つる深夜のアーケード

卵黄に細き血管熱帯夜

助手席に残るレシート土用波

行く夏のアクリルガラス越しの空

襤《らん》褸《る》とも綺羅とも夕焼雲われに

夜の秋ここまで駅のアナウンス

新涼や車掌はホーム指差して

てのひらを蹴りて蟋蟀の重さかな

こころみに夕顔の実を持ち上ぐる

人まねく声のあかるし水の秋

すぐ穴のふさがる空や威銃

芒原さつきと同じ人のゐる

月夜茸方位磁石の回り出す

足もとのすでに沼なる花野かな

臥待の上りて魚の啼きにけり

一掬の水に口つけ秋惜しむ

寒禽のこゑ参道のみぎひだり

境内の銀杏落葉を掃きて老ゆ

冬ひなた起伏少なき浜にゐて

冬波の黒き塊より声す

外套や消えゆくものに革命歌

睫まで粉雪馬に鞭当てて
暴虐と伝はる王の裘

巻貝の化石冷たく凹みをり

絨毯に葉巻の灰の落ちにけり

蝶番鳴らし霜夜を閉ぢ込めぬ

勾玉は胎児のかたち冬深し

Ⅵ　人のかたち

貝割れば蟹の出てくる実朝忌

川岸を離るる芥涅槃西風

葬りて丘の高きを春の鳥

初蝶の白断崖の海の青

蒲公英の黄色が嫌ひてふ少女

春雷や裸像犇めく天井画

万愚節ねぢ式玩具動き出す

逃水を入口として九段坂

霾や旗の余白に名の数多

さうあれが海市のくづれはじめなる

晶子忌の玉砂利はじくハイヒール

泰山木の花や地上にわれはゐて

夕方は髪の重たし花アカシア

黒南風や人のかたちの雨具着け

噴水の音の後れて止まりけり

短夜や玻璃戸の桟のクルスめき

死なないでゐるから餌をやる金魚

形代の二つに折れて沈みけり

蝙蝠や運河じわりと逆流す

テキーラの瓶の転げて海霧の街

文字を書く奥歯に力草田男忌

ざつくりと画布の破れて晩夏なる

国境に万の向日葵直立す

立秋の自動扉に映る空

真ん中を秋風通る観覧車
円窓の白く汚れて秋の航

航海の記憶たとへば唐辛子

殉教といふ死ありけり花カンナ

流星や羊は岩の塩を舐め
月光を攫ひて戻らざる波か

つむる目に終ひの色は曼珠沙華

枕辺に一顆の檸檬置きにけり

土器片に魚の文様星月夜

一枚を剝ぎ白菜のしろさかな

フレームの湿りを詰めて出荷せり

往来に水捨つる音日短か

人民路豚の背脂凍ててをり

冬天や血痕ひとつなき広場

銅像の台座残れり寒北斗

雪の夜の革もて磨くナイフかな

冴ゆる夜や貝を穿ちし耳飾

満艦に氷柱をさげて帰港せり

凍鶴をもつて墓標となせと文

寒月や鉄路の果ての交はらず

Ⅶ　つちふる

去年今年闇の厚きは川の上

春暁の管一本として体

陳列の物みな遺品冴返る

少年の顎の尖りて猟期果つ

花木五倍子仰ぐ額に日の斑

時報打ちたり春昼の中二階

鳥帰る左右対称なる離宮

春愁の身は衣笠の陰にあり

花桃に人あつまりてすぐ離る

永日や砂の吸ひ込む波の音

つちふるや汀の線のかく歪つ

貨物船入れて海市のくづれざる

人在りし浜に卯波のひもすがら
寄港地の市の賑はひ薄暑なる

西館の奥に旧館松落葉

庭園の順路外るる涼しさよ

噴水の風に歪みて立ち上がる

曇天と泥の間の花菖蒲

その陰に動くものある夏木立

洞窟の少し湿りて夏の蝶

軍用機停まる夾竹桃の昼

滑走路灼けてタイヤの黒き痕

西日射すゴブラン織の磔刑図

盂蘭盆や舟を叩きて鯉の鰭

秋興や水なき川に石の橋

さやけしや一木の影おのが影

一斉に青ハロウィンの交差点

英国大使公邸の懸崖菊

肩章の金糸の厚み秋日影

不時着の最初の夜の虫しぐれ

流星や十九歳の狙撃兵

筒先をおのれへ曼珠沙華の原

紙コップ底まで白き夜寒かな

後ろ手に閉づる引戸や冬隣

涸川のところどころに光るもの
鍵穴の向かう連山眠りをり

パジャマは絹遠火事を聞いてゐる

石割ればすなはち刃枯野原

干肉に脂光りて寒夜なる

太郎泣く夜はさだめて雪女

母鮫のかつては人魚かもしれず

選ばれて冬の星座となりにけり

水鳥に池のかすかに流れをり

弔砲の一発大寒の港

Ⅷ 自画像

春寒の畳廊下を進みけり

ひとりづつ来る梅林のベンチかな

丸ビルに東京駅に春の雨
春服を挟む回転扉かな

わが足の二本鍬𨫤高みゆく

踏切の音を後ろに春の海

石鹸玉歪みきつたるとき離れ

春星や駅頭に買ふ漫画本

消しゴムの滓を払ひて春の風邪

春深し蛍光灯の紐長し

風に浮く頁一枚夏はじめ

甘藍の葉の内側の明るさよ

麦の穂や象形文字に鳥と人

鹿の子の後ろ脚より立ち上がる

かさねおく搭乗券と夏手套

ハンモック十五少年漂流記

引波に指の残れる素足かな

夕ぐれのヨット波間の墓標めき

夜濯ぎのショーツ片手で絞りけり

林道に缶切ひとつ夏終る

八月の舗装道路の行き止まり
秋の日のはだらの中を歩みをり

一湾は子宮のかたち葉月潮

鷹渡る砂に記せし我が名見よ

自画像の右の眼に秋の蝶

走りても走りても逆光の萱

君屈むところかならず茨の実

螺旋型非常階段雁の列

銅像のアキレス腱へ月の青

騾馬に水遣らむ銀河のほとりにて

立冬の荷台に瓶を括りたる

辞書入れてふくらむ鞄冬木の芽

立ち上がる冬青草に手をついて

ブーツ押し込む銭湯の下足箱

買ひ食ひは楽し襟巻すればなほ

冷めてなほ鯛焼のこの面構へ

ポインセチア赤し舗道へはみ出して

冬空へ綱を上つてゆくところ

息白し癌病棟の中廊下

ひとつだにこぼれ落ちざる昴かな

フィールドの楕円に春の遠からじ

句集『つちふる』

あとがき

『つちふる』は私の初句集である。散文を業としながら、俳句はずっと気になっていた。わずか十七音による表現を、多くの人が愛好している。幸い二〇〇八年六月、句会の機会に恵まれて、以後断続的に参加し二〇二〇年までに作った三四九句を収めた。

残すことは考えていなかった。兼題や席題、遭遇した事物をきっかけに、思いがけない十七音が自分の中から出てくる驚き、その場を人と分かち合う高揚感のうちに過ごした。

立ち止まったのは二〇二〇年、疫病の蔓延のため句会に集うことができなくなったときだ。散逸してしまわないうちに保存しよう。緊急事態宣言のため家にいる時間がかつてないほど長い、今しかない。先行きの見えない中、何らかの目標を欲していたのだろう。句会のメモやノートを探し、人に受け入れられた句を中心に清書する。明けて二〇二一年、二度目の緊急事態宣言下に、清書を補った二三〇〇句ほどの中から、選んで並べる試みをはじめた。満六十歳を迎える年。還暦を機に句集をまとめるという目標が固まっていった。

ひとりの作業も、孤独ではなかった。一句一句に、その句の生まれる場を共有した人々を思い出していた。句の数は、参加する句会の定まった二〇一三年以降が圧倒的だ。作句における句会の存在の大きさを実感する。構成を決めてから本にするまでも、それまでの過程と同様多くの人の支えがあった。お名前は挙げきれないが、ご縁をいただいたすべてのかたに深く感謝する。

生まれたときと同じ暦に還る年。初心に返って俳句に親しみ、学び続けていきたい。

二〇二一年夏

岸本葉子

著者略歴

岸本葉子（きしもと・ようこ）

エッセイスト

1961年　神奈川県鎌倉市生まれ

2008年より作句を始める

2015年よりＥテレ「NHK俳句」司会

俳句関連の著書に『俳句、はじめました』（角川ソフィア文庫）、『俳句、はじめました　吟行修業の巻』（角川学芸出版）、『575　朝のハンカチ　夜の窓』（洋泉社）、『俳句で夜遊び、はじめました』（朔出版）、『俳句、やめられません　季節の言葉と暮らす幸せ』（小学館）、『岸本葉子の「俳句の学び方」』『あるある！お悩み相談室「名句の学び方」』（共著）（共にNHK出版）がある。

公益社団法人俳人協会会員、日本文藝家協会会員

句集　つちふる

初版発行　2021年6月28日

著　者　岸本葉子
発行者　宍戸健司
発　行　公益財団法人　角川文化振興財団
〒359-0023　埼玉県所沢市東所沢和田3-31-3
ところざわサクラタウン　角川武蔵野ミュージアム
電話 04-2003-8716
https://www.kadokawa-zaidan.or.jp/
発　売　株式会社　KADOKAWA
〒102-8177　東京都千代田区富士見2-13-3
電話 0570-002-301（ナビダイヤル）
https://www.kadokawa.co.jp/
印刷製本　中央精版印刷株式会社

 ISBN978-4-04-884434-5 C0092